생각의 비늘은 허물을 덮는다

이 도서의 국립중앙도서관 출판예정도서목록(CIP)은 서지정보유통지원시스템 홈페이지(http://seoji.nl.go.kr)와 국가자료종합목록 구축시스템(http://kolis-net.nl.go.kr)에서 이용하실 수 있습니다.
(CIP제어번호 : CIP2019045264)

지혜사랑 210

생각의 비늘은 허물을 덮는다

황은경

지혜

시인의 말

언어의 두께가 무거웠다
가을 색이 도는 야윈 바람을 보며
추락한 꽃에, 흔들리는 나무에
무거운 언어를 벗어 부어준다
언어를 펼치는 힘든 일은 접고
아무 말도 하지 않는 것
따뜻한 초록별에서 안식하는 것
그것으로 족하다
이제
머릿속에서 질기게 따라다니던
언어들을 밀봉한다.

이 가을에 가슴 한쪽 내려 놓는다

2019년 만추
황은경

차례

1부 생각의 비늘은 허물을 덮는다

2부 클릭

3부 우울한 나라

4부 바람의 춤

5부 외발로 서기

• 일러두기
　한 연이 첫 번째 행에서 시작될 때는 > 로 표시합니다.

10

1부

생각의 비늘은 허물을 덮는다

생각의 비늘 1

새벽 강을 걸어보라
시원하고 청량한 매력에 빠질 것이다
안개는 강가의 수호신
물길이 할 일을 알려준다

바닥부터 물 위까지
흐르는 것은 건지고
널려진 것은 모으고
죽은 것은 살리고
살아 있는 것은 먹이고
쌓이는 시간을 맞아 잠들 것이다

물고기 한 마리 여명의 윤슬 되고
빛나는 비늘 옷을 입고
바위를 탁탁 치며
다시 하루를 시작한다.

생각의 비늘 2

생각의 비늘은 허물을 덮는다
잔잔한 물살을 가를 때도
천근의 물살이 내려쳐도
고향으로 가는 귀소본능은
모정처럼 짜릿한 젖몸살이다.

다시 또 혼자로 돌아오는
허위의 나
지치고 지쳐 외발로 서는
삶의 아릿함이여

몸살이 나도
비늘은 꼿꼿하게 은빛을 자랑하고
허물을 털어내는 고행을 한다.

생각의 비늘 3

늘 애가 타던 세상
처음이 마지막이 될까 봐
돌아서는 등 뒤로
스며들어오는 차가운 물고기

팔딱이던 물고기 힘을 다해
비늘이 다 떨어져 나갈 때까지
뼈 시리게 온 힘을 다해 바다로 나갈 것이다
눈물은 보이지 않게 물거품과 섞인다

등대의 붉은 눈빛과 타는 속은 무르익어
갈빛처럼 물들어버린 저기, 저 물고기
꼬리 없이 나에게 헤엄쳐 온다
바다의 뼈가 부딪혀 요란하다.

부표

바다 위로 유영하는 너의 의미를 생각한다

단단한 줄에 매달려
일정한 간격을 유지하고
파도를 견디는 너의
의미를 생각한다

소금꽃으로 단장한 몸으로
흔들리며
포박당한 몸으로 살아가는 너의
의미를 생각한다

바다 위에 떠 있는 건 부표가 아니라 나였다

박제를 꿈꾸며

육신이 먼지로 날아
이름을 남기고 날아
편백향기 나는 하늘로 날아
달빛 닮은 눈물 훔치며

날아서 날아서 날아서
가죽은 남기고 날아

예견 못한 목숨, 살아온 시간
들꽃에 던지고 날아
창백한 시간 속으로 이름 던지고

날아서 날아서 날아서
바람처럼

고사목의 아침

고사한 나무의 맥을 짚는다
등줄기로 난 길을 따라
개미가 오가는 나신
세상에 남겨진 뼈 마디마디 이슬이 영롱하다

칡넝쿨에 부대끼며 살아가는 영혼은
이미 아무것도 할 수 없음을 안다

고사한 나무의 맥을 짚어본다
서낭당 금줄처럼 늘어진 하루가
메마른 등줄기를 건너간다

벌거벗은 등으로 여전히 빛은 스며들고

사람이 있다

치맛자락 펄럭이는 바람이
분내 나는 골목 어귀에서 서성인다

골목 어디쯤 그 자갈에 낀 이끼 냄새

모퉁이 집에 머물던 바람이
깨진 벽돌을 때리고
동네를 돌아 유랑한다

사람이 있다

이 비루한 골목에는 귀가하는
사람이 있다

벗어나고 싶으나 머무르는 재개발지구

가끔

가끔 아주 가끔
가슴을 두드리면 별들이 부딪히는 공명음을 낸다
울컥 올라오는 숨 쉬는 일은
가을 오후 햇살을 배합하여
온전하게 우리가 아닌 순간을 위한
속절없는 선물 같은 것

아주 가끔
금빛으로 반짝이는 은행잎을 밟으며
산란하는 기억을 부화시키려 뇌를 혹사하고
그리운 것과 그렇지 않은 것을 구분 지으려
몸속을 돌고 돌아 일정한 속도로 쏟아지는 순간들을
길 위에 세우고 선별한다

비정상적으로 뛰는 심장과
가라앉지 않으려고 애쓰는 가을 오후

실종

사람은 결코 존재를 부정하지 않는다
그것이 알고 싶다
신이 만든 역사도 가끔 길을 잃으니
타인에 의해 사라짐이 자꾸 많아진다

할아버지 호령도 어느 날 사라졌고
할머니 기억도 어느 날 사라졌고
아버지 발걸음도 어느 날 사라졌고
어머니 신음도 어느 날 사라졌다

이미 이별을 했지만
나도 이별을 고하고 사라질 사람
두고 온 고향 집도 이미 사라졌다
나의 기억도 멀리 사라졌다

나이테

송판의 결을 바라보노라면
세월이 보인다
우주의 선물 중 하나가
나이가 아닌가
테두리에 쌓인 시간들
아픔이 많았던 인생
너울거리던 파도에도
휩쓸려보고
태풍도 맞아 봤으니
다시 세월을 뒤집는다고 해도
목에 건 나이는
어쩌지 못하는 게 사람

껍질

자정은 편안한 숨을 쉬게 한다
오밀조밀 조직적인 입술
붉음은 살아 있다는 시각적인 신호
껍질이 생겨 덮는 이유는
파도치며 몰아치는 공격을 막아낸 흔적
견디고 살아 있음이 숨 쉰다
오랫동안 간직하고 싶은 순간

간이역

눈발이 거센 그날도
얼어붙은 레일 위로
다가올 듯한 환영을 바라보다가
금세 포기하는 여인

차가움에 질린 것인지
멀어짐에 질린 것인지
기억들을 모두
지우고 싶은 여인

차라리
눈이 내리는 작은 간이역처럼
되새기는 시간도
흘러가는 시간도
올 때를 기다리는 것처럼

모두 날려 보내고
모두 잊어주고
모든 기억을 눕혀
간이역 작은 기다림의 시간처럼
마음을 내려놓고 싶다

>
그대 기억은 조용히
간이역에 두고 간다.

연적

고독한 백면서생의 애첩 같은 너
분단장 하나 없이 먹빛 봉긋한 가슴

조강지처 벼루의 강인한 기에
묵언 속 공손한 자세

울지 못하는 새의 부리라

바람난 묵객의 장삼 자락 헤치고
콕 찍어 자유로운 날갯짓을 해보자

무릎 꿇어 임 손길 기다리다
가슴 먹먹하게 타버린 너로구나!

어떤 사람

삼각형을 닮았다
그렇다고 내민 손도 삼각형은 아니다
날카로운 눈빛이 그 안에서 반짝이며
지혜로운 답을 주는 사람

사각형을 닮았다
반듯하게 채워 넣은 세월
사각형 안에서 출렁이는 마음을 다스려 보는
세상을 보는 눈

시간이 가면서 세모지고 네모진 생각
꽃피고 바람 불고 눈 내리는 동안
원 안에 가득 차오르는 열정을 끌어안고
나비처럼 돌고 돌아 무던하게 길을 떠난다.

꽃길을 바라보며

가을 억새 바람에 흔들리듯 살았다
매화 꽃망울이 맺혀 은은한 향기가 돌 때쯤
가슴은 한바탕 개화를 꿈꿨고
천하에 흩날리던 꽃잎
한 잎의 떨어지는 사연을 묻지 않았다.

하얀 꽃의 순결은 바람에 날리고
검은빛은 어둠 속에 아픔으로 남아 아리거늘
달빛에 가슴을 찍어 봐도
별빛에 머릿속 하얀 기억을
낮달에 고하고 또 고하여 본다

인연도 인생길이요
만남도 인생길이요
굽이굽이 넘어가도
꽃길도 그 길이려니
사람의 짧은 사랑도 인생도
녹아버리는 하얀 눈꽃

2부

클릭

클릭 1
― 마지막 인사

정점이 보이는 날
나에게서 뒤돌아 갈 사람에게 편지를 쓴다
손편지 잘 쓰던 친구가 말 한마디 못하고
세상을 달리 한 후 자꾸 친구가 떠오른다
너에게 모질게 대했던 사람들
이제 놓아 주고 편히 가시라
같이 했던 시간도 꿈이 되어 버렸고
나도 이제 그리움보다 더 아픈 기억
내려 놓을테니

산바람이 불어 네가 간 것인지
네가 간 후 산바람이 우는지
네 목소리 닮은 그곳이 내 몸을
휘감아 올 것 같다
존재를 인정하지 않았던 것은
유행가 가사의 점 하나 차이
마음 돌려먹으면 편해지는 것을

마우스가 자꾸 네 이름을 클릭한다
잘 가라는 내 마음을 담아
꾹 눌러보면 마지막 너의 시집이 보인다
메꿀 수 없었던 우리의 공백은

돌아보니 별것도 아니었는데
비바람에 배롱나무 꽃잎이 떨어진다
너의 마지막을 기억하는 눈물을 어쩌랴
그만 떠나가시라

클릭 2

가려는 방향이 맞는지 물어볼까?
계절이 바뀐 풀잎에 비바람이 지나간 흔적
너마저 주저앉아 흔들리고 있네
조금만 견뎌봐
뿌리가 상하지 않는 한 우리는 다시 줄기를 뻗을 거니까
공간을 돌려가면서 채워간다

뒷집 항아리는 고추와 숯을 주렁주렁 매달고
시간을 재촉한다
고개 숙인 어머니의 잔주름이 새겨지고
푸른곰팡이 둥둥 떠올라 익음의 꽃을 피울 날
너를 불러내는 날은
내가 너의 이름을 꾹 적어 놓았다
세월이라고.

클릭 3

반지를 빼버리고 이승은 안녕이다.
동시에, 이럴 줄 몰랐지?
변수가 들끓는 세상에
변수를 만들어 내는 이별의 눈물
뒤돌아 우는 자식의 눈물을 보면
날갯죽지가 아파 못 가겠지
오금이 저리다

드라마 중반부에
딱히 내세울 역할은 아니지만
모두 몰랐을 것이다
그녀는 일하는 아줌마역이야
화려하지 않은 배역
그래도 존재가 꿈틀거리는
주말 안방 드라마의 배우는
어쩌면 천의 눈물로 이름 지어
보는 이가 이리 열광하나보다
마우스를 꾹 눌러 다시 재방송 시청

클릭 4

명성이 자자한 시인의 이름을 검색했다
공부를 안 한 탓에 모르는 이름도
솔밭 개미 수만큼 나온다
시꺼멓게 나열된 눈앞의 이름
저 이름의 주인은 대체 무슨 시를 썼길래
내가 자판으로 찾아서 보아야만 하는 걸까
음식 맛을 먹어보지 않고 평하기 어렵듯이
두말 말고 사서 읽어보자
마음의 길로 인도해줄 글도 있고
이것도 저것도 아닌 글도 있을 것이다
한국 시인명부를 클릭하다가
빨간 이름을 발견하고
별 볼 일 없는 사람의 이름을 지운다
아직 아니지, 갈 길이 아직 멀었는데
조여오는 그 자리가 날마다 좁아지며
우리나라 시인공화국 만세다.

고독

촉수가 없는 시간앞에
마른 꽃이 피었어

우울한 물컵이 날 바라보는게 싫어
차향이 진하고 따뜻해

퍼즐 속에 갇힌 미이라가 된 나를
끝없는 미로 사이로 밀쳐 놓았지

시퍼런 눈에 눈물이 흐른 뒤
미로 끝 영혼의 절벽이 보이네

사진

잔영의 착시처럼 멈춘 세계
빛과 어둠의 경계
만물의 일생이 저장되고
역사와 나이가 비축되는 순간
탈색된 인생 한 컷과
뜨거운 심장이 뛰는 순간
동반된 너의 인생을 사랑한다
사각 틀 안에 순간은 남아 있고
영원이란 없는 모든 것들을
영원으로 간직하는
적나라한 줌의 세상
너의 존재는 분명
신이 하사하신 선물이다.

속

붉은 피자두가 한 자루
뜨거운 여름을 지나서
나에게 왔다

겉은 반들거리지만
속은 핏발선 붉음이다

꼭
너
나 같다.

흔들의자

창고에 고려장 중인 흔들의자에
거미가 진을 치고 있다
그녀의 몸은 가벼워
세상을 떠나기 전
흔들의자에 앉아 어지러우니
내다 버리라고 했다
의자가 사라지면 영혼도 사라져
그녀의 체취는 향기로 남아
나비가 되어 날아갈 것이다

이별은 삶의 여정에
가까이 다가오는 아픔

잘 가요

화인

타다 눌어붙은 흔적이라 불러 줘야 할까
벼락 맞은 표식이라 생각해야 할까

불나비처럼 휘돌아 온 그 길목
언제부터인가 지워진 날을
나는 무엇이라 부를까
봄이 오려면 한참 먼
눈보라가 치는 날에도
아직 봄은 문을 활짝 열지 않았지만
어디서 피어난 꽃 향기인지
아픈 가슴 속으로 스며든다

아름다운 사랑만이 세상에서 향기로울까
그렇게 멀리 보내도 깊은 낙인처럼 박혀 있는데

진즉, 지우지 못함을 알고 있어도
그대의 떠나감을 탓하지 않았고
하늘이 주는 길목을 마다하지 않았던 자리
참, 다행이다
나의 마지막을 그대에게 보이지 않아서
불도장처럼 아픈 그 시간을 주지 않아서

해바라기

검은 속내가 퉁퉁 불어
고개를 숙이는
저 고단한 약속은 무엇일까

먼 길 가다가
고향 닮은 널 한 번 더 보면
서러움이 그리움에 운다.

장마 1

소낙비 맞고
곱슬곱슬 파마머리
머리 위 무지개 꽃 피고 있다

동네 입구 개천가
불어난 물소리 지청구에
신이 난 개구리 환영 소리

정자나무 패인 가지 사이에
시원하게 머무는 거미 물방울이
전망 좋은 집을 두고 이사를 했다

회색빛 하늘 위에 던져버린
변덕스러운 우산 출석부
산허리 돌아 품은 운무가 서럽게 우는 날

장마 2

빗줄기가
땅으로 오기까지는
무심이다

운무에 싸인 산등성이
장마가 손사레치며 부르니
초심이다

구름이 흩어져 세월이 흐르니
칠월 장마 중심은
농심이다

꽃이 진다면

꽃이 진 자리도 아픈가 봐요
계절의 흐름대로
아픈 자리에 다시 피는 다른 꽃
사람의 가슴처럼 아픔이 있어요

꽃이 진 자리에는
물기조차 머물 새가 없겠지요
이른 아침 거미그물이 받쳐 준 성수 같은 눈물
초록의 들풀이 꿈꾸는 자리에 떨굽니다

떠남의 의미가 지워진다고
가슴에 담은 사랑이 지워지지 않아요
꽃이 진 자리에 다시 생명이 닿을 때까지
부디, 우리 아프지 말아요.

일생

혼자는 끝내 살지 못하리라는 거
생각 속의 희망과 고열 같은 고통도
회귀의 날갯짓을 하다가
멈추는 곳이 어디일까?

나의 소녀 때는 별이라 말하고 싶다
나의 소녀 뒤의 성숙은 키 작은 편백
첫사랑을 나눈 때부터
세상을 바라보는 미련한 눈은
탱자나무 가시가 돋아 아팠다

흔적만 지우면 될 줄 알았다
일생의 깊은 내면을 흔드는
신주 같은 나무가 될 줄 몰랐다
다리 하나 자른 인생이 되고부터
탱자꽃이 미웠다

가시는 이제
무딘 얼룩과 둔한 부위를 나눠 가지고
만삭의 슬픔을 안아보았다
모두 밀어내고
또다시 엎히는 허무한 밀당의 자리

불면증

새벽 네 시가 넘어간다
머릿속에 지렁이가 기어가는지
지네가 알을 까주며 놀고 있는지
느낌 참 묘하다

눈물이 말라 눈이 건조하고
머릿속마저 말라가는
이런 새벽은 피를 말린다
피규어처럼 동작도 그만

새초롬한 강아지
주인 따라 새벽을 지켜내는지
날 쳐다본다

우주의 신이여
별이 빛나는 밤을 접어주소서

상사화 사연

붙잡고 싶은 끈 하나
심고 싶었던 마음
붉은 심장을 던져
꽃잎에 타버린 임의 이름

타오르듯 피어오르니
헐벗은 홀몸이더라

어찌하여 초록의 긴 꿈
영원할 것 같던 사랑
바람 안고 홀로인 꽃인지

던지지 못한 미련
디딜 수 없는 땅 위에
헐벗은 홀몸 타오르네

빗물에 젖은 속울음은
채우지 못한
상사병만 도지더라

3부

우울한 나라

우울한 나라

배가 고팠어
속도 허전하고
허기진 뒤에 오는 어지러움
빙빙 도는 세상이
늘 친구처럼 따라왔지
그게 뭔지도 모르고 살았어

살다 보니 빈집이 늘어나
몸속에 빈집이 늘어나
길이 막히니 돌아가야 하는데
몇십만 킬로를 뛰어야 한대
심장도 힘이 들어 쿵쾅거려
갈라진 발뒤꿈치가 쓰라려

이제는 알아
어지러운 게 뭔지
수많은 빈집이 왜 생겼는지
가다가 멈추면 회색 집
문이 너무 많아
슬픔에 기댄 내 출구
비가 오는 숲에
나 혼자 서 있어

널 부르기 전에는 오지 마라
이젠 눈물이 없어

감기

먹태처럼 축축 늘어진 꽃
울 어머니 젖가슴 차지했던 열꽃 나던 날
한겨울 시원한 동치미 속 하얀 배는 내 차지가 되고
세상이 내 것처럼 돌봄을 받던 시간
이제는 오지 말아라
어머니도
젖가슴도
동치미 속 배도 다 꿈속으로 끌려갔으니
열꽃 피면 피는 대로
혼자 견뎌야 하는 것을 알고 있다

그릇

오물을 씻어내는 설거지 통에
한여름과 한겨울이 공존한다
찬물에 담그고 뜨거운 물에 담그고
그녀의 봄과 겨울이 함께하고
건망증과 치매가 공생하는 곳에 그릇이 있다

뭉글거리는 거품 속
기름기에 질척이던 청춘을 느껴본다
맑은 물에 그릇을 씻어 놓으면
해맑간 얼굴로 군에 간 아들이 생각났고
꽃무늬 그릇을 보면 시집간 딸이 생각났다

잠깐 졸았더니
밑바닥은 숯검정이 돼버린 냄비
핏기없는 오십 대 여자의 손에 쇠 수세미
끊어진 달거리의 서운함을 지우듯
박박 문지른다.

위자료

영리한 새라 할까
약은 새라 할까
피의자 뻐꾸기는 암적인 존재
위자료를 지급하라

뱁새야
쫓아가서 육아수당 신청해라
멍청한 네 우매함은 다 알지만
그 가슴 깃에 파고드는 사랑을 나눠줬으니
피해자 뱁새는 뻐꾸기에게 위자료를 받아라

고통스러운 사랑이 돼버렸으니
숨기지 마라, 이제는

비워지고, 비울 수밖에

깡통을 흔들어보니 소리가 차츰 커지며 메모리 누적 수가 올라갑니다. 버려야 할 시간이 그 깡통 안에 들어 있었고 아무런 미련 없이 나머지 남은 누적 수를 지우기 바빠집니다. 산 사람이야 살아내야겠지만, 인연은 저 깡통만도 못합니다. 쉰둘의 길목에서 천 원짜리 노란 옥수수 수프를 젓고 있는 나를 바칩니다.

깡통을 발로 차보니 손을 잡아 줄 추억 하나 남지 않았고 내 손의 지문만 덩그러니 세상에 남아 있습니다. 라면에 끈끈한 국수 몇 가닥 넣어 먹고 싶었을 때 뜨거운 눈물처럼 머물렀던 만남의 기억조차 때로는 뜨거운 입김을 훌훌 불며 라면 가닥을 끊는 그 순간이 가벼워질까 오늘도 아픈 다리를 지탱하며 지붕 위를 걷습니다.

묵직함을 상실해버린 머릿속에서 사람이 사람을 차용하는 시간이 정식 패키지로 기록될 것이기에 무조건 비울 수밖에 없는 지독한 운명과 만났습니다. 인간 면세점에 들러 바꿔볼까 고민도 했지만 나를 비워보니 까짓거, 세상 별거 아닙니다. 눈이 옵니다. 채우는 중입니다.

상처

목마른 사람에게
너무 빨리 손 내밀지마

한 모금 숨결에 데이는 가슴
그냥 어둠이라고 생각해

그 손을 잡고 싶고
그 손에 데이고 싶은
목마른 꽃도 있다고

그러니까
아프게 하지마

꽃

삶이라는 노래 한 자락
꽃으로 와 앉았네

숨 한번 쉬면
피어나는 말의 꽃

마른 가지에 달꽃이 피었네

숲으로 갈 별들이여
오래오래 머물러라

머물러 수많은 꽃으로 환생하는
기적을 심어다오

도마뱀 꼬리를 자르다

솔잎 위에 회색 도마뱀이 기절해 있었다
도망가라, 저리 가라
톡톡 나뭇가지로 건들어본다

스스로 뚝 잘라버린 꼬리
살기 위한 방식이지만 아프지 않을까
걱정스러운 마음으로 바라보던 소녀는
자연의 섭리 앞에서 가르침과 아픔을 알게 되었다

만남과 이별의 길 위에서
망설임 없는 도마뱀
그러나 사람의 이별은
망설임으로 힘없이 무너진다

다시, 도마뱀 꼬리를 찾고 있다.

마리아

러시아에서 온 마리아는
꿈을 모아 성을 쌓는다
맑은 핏물이 비치는 손마디가
내내 불안하다
무방비로 갇혀있는 시간 속을 걸으며
지독하게 두려운 시간을 견디며
성 안으로 돌아 올 별을 기다린다

모든 것을 포기하고 오직 별을 기다리는 마리아
포기했던 소중한 것들이 하얗다
오직 선혈에 물든 별만 생각한다

아침의 고단함이여
누가 나를 이곳에 버렸을까

가질 수 없는 거리에 별은 돋아나고
나를 스쳐 지나가는 바람
가까이 와서 성 안에 머물며
온몸을 감쌀 사향내 나는 별을 기다리고 있다

오늘도 별을 만들어 줄 문자메시지는
오지 않았다

(추신) 마리아는 배우를 꿈꾸며 한국에 왔다

이별
— 조숙경 시인을 그리며

아물지 않은 상처같이 머문 사람아
허무하게 가는 게 인생이라고
욕심내지 말고 살자고 했던 그 말이
아직도 머릿속에서 지워지지 않거늘
한 줌 금강의 볕으로 흘러간 사람아
섧디 섧은 삶을 어찌 내려놓았는가

오로지 사람에 빠져 살다간 사람

몸살을 앓고 난 후
그대 남긴 것을 찾아보려 걷는다
백일홍 한창인 이 계절을
그대도 좋아하지 않았는가
부디, 잘 가시게

가시 선인장

원래는 둥글둥글
편하게 살았으리라

바람과 모래의
거친 반항 후에도
지친 표정은 없었으리라

청자색 새벽의 부름 속에서도
미소 지으며 춤을 추었을 것이다

가시 순이 돋쳐도
꽃이 피어나도
세상의 이름은 가시 선인장

가까이 하기에는 아픈 가슴 덩어리
날카로운 가시에 닿을 수 없는 사랑

역린할 수 없는
차가운 현실에 가시는 더 돋아나
모래바람 맞으며 미소 짓는다.

꺾인 자유가 날아간다.

막대사탕 하나 빨아 먹다 버리는 일이 될까봐
  노심초사 전전긍긍하다 나를 헐값에 놓이게 한 것 같기도
해서
  철로 위 수북하게 쌓인 소리와 나를 묶어
  떠나옴에 떠나감에 목을 매던 나날

어쩌면, 그런 날들이 행복한 푸른 자유이자 물이끼처럼
소리 없이 자라난 나의 목울대였다.

심야 영화를 보듯 너를 기다려 보았으나
막막한 파도 소리만 들렸다
바다가 뿜어내는 물거품의 뇌를 내가 가져와야 했어
나는 절박했거든.
파도에 밀려온 게들의 숨구멍 속에 숨기 바빴고
저 붉음의 손짓에서 바둥대며 벗어나려고 했던 것 같아

날면 보이는 걸까?
나에게 자유는 목이 꺾인 자유

가출

동네방네 꽃 잠자리
모두 집 나갔다.
졸혼일까
이혼일까
바람일까
봄바람에 날려 보냈더니
다시 고향 집에 살며시 날아들었다.

사랑한다는 말을 돌려놓고

꽃들이 춤을 춘다
바람을 느끼며 고개를 젖히고
파란 하늘 한번 안고 춤추고 꽃 진 속내
양털 구름 안고 춤추고 잎이 진 가을옷
꽃가지가 엉켜버렸다

사랑하는 사람도 멈췄다
우두커니 바라보니
주고받던 밀어가 흘러 내려
비밀도 사라진 바늘꽃이 되었다
아프게 찌른 자리 덧나고 있다

휘모리장단처럼 몰았다 쉬었다 멈추고
사랑을 다독이며 유예기간을 던져주고 나온 밤
돌려놓은 말은 다시 허름한 옷을 입고
길 위에서 길을 물을 것이다
사랑한다는 말을 다시 던져 놓고

4부

바람의 춤

바람은 말라버린 꽃

바람을 맞고 우리는 건조한 사막의 여우가 됐어
바람에 널 잊게 되었고 우리는 모래에 안구를 씻으며
바람에 너를 잡고 있던 마음을 오아시스 샘가에 걸어두고
바람에 의지하던 야자수 기둥 사이로 집 한 채 짓고 살았
다

그 바람에
마음 하나 날려 버렸다.

시들고 있다.
시들어 버린 그 바람은
마른 바람꽃
유성이 진 자리마다 저리게 걸어 온 길

바람이 불면 슬픈 알람이 울어
바람에 세수하고 다시 깨어나는 가시 달린 눈
바람은 말라버린 꽃을 향해 쓰러지고
마음 하나 배웅하니 편하다.

바람의 춤

노을이 널 데리고 바닷가로 가는 것을 보았어
사락사락 갈댓잎을 느끼며 따라가더라
갯벌이 나오고 뭇 게들의 숨구멍
파닥거리고 옆으로 걸으며 널 피하고
아주 짭조름한 바다가 노을에 안겨
파도를 일으켜 모래를 젖게 했어
빨간 매니큐어를 바른 발가락
내 앞에 멍하니 멈추며 주문을 외웠지
다 사라졌으면 좋겠다고
그때부터 더 춤을 추더라
바다의 신이 나오자 노을은 숨기 바쁘고
내게 춤을 추며 알려주더라
네 얼굴의 참모습은 폭풍이라고
조심하라고
저 파도가 숨을 들이쉬고
확 뱉어버리면
아찔한 세상이 아닌가
제발,
바람의 춤을 멈추게 해줘.

백야

낮은 가라앉고
서로의 숨결을 질서 있게 나누던
노을도 아래로 몸을 숨기는 암적색의 세계

까만 얼굴을 밀어내고
유리 도시처럼 나타나는 신기루
절반은 어둠으로 절반은 환함으로

하늘이 밝아지며 새롭게 나타나는 세상의 소리
차가운 빙하는 따뜻해지고
바람이 무너져 내리는 백야

그 빛에 그 밤이 멈춘 시간

파랑새는 떠났다

1
온기로 다가왔던
부대낌도 아프지 않고
깃에는 파란 꿈이 매달려있다

날아오르기를 갈망하다가
헛디딘 나뭇가지

눈빛은 슬퍼지고
먼 하늘을 향해
날아오른다

파랑새가 날아간 자리
파란 깃털만 엉켜
마지막 온기를 잡고 있다

어쩌면
깃털 하나에 기억을 품고
깃털 하나에 모습을 안고
깃털 하나에 슬픔을 남기며
새벽을 날것이다

>
고독한 냄새마저 깃털에 묻고
떠밀리듯 살아가는
시간으로 남는다
현실을 부정해도
파랑새는 날아갔다

2
비밀의 숲에
다시는 오지 않을
너를 그리워하며
작은 몸의 마지막 깃털을
부리로 쪼고 있다

49층 아파트 꼭대기 스위트룸
한층 밑의 미망인
옥빛 살결
육십 대의 열망이 보인다

바라고 바라던 삶의 안식처
끝을 달리는 인간의 조건처럼
파랑새는 로열 키를 들고

노래 부른다

파랑새가 되지 못한 가슴들은 하늘을 본다
후벼 파는 아픔을 달래며

애수

낙엽이 굴러 다닌다
저 길을 바라 보고
어디로 떠날지 모르는
바람끝을 잡고 굴러 다닌다

가을이 익어 그대 얼굴도 붉고
고운 새색시 수줍음
만추에 다시 손잡아 보기를
그리움 차오른 가슴이 타올라
나도 붉게 익어간다

그대 떠난 저 길을 바라본다
사랑했던 그날들처럼

옥탑방

서툰 바람도 잠시 쉬어 가는 곳
소리 죽여 울고 싶을 때
저절로 발걸음이 찾아 가는 곳
철 지난 마른 꽃이 바람 속에서도
생채기 난 몸으로 껍질 밖 세상을 바라보는 곳

조명이 꺼진 뒤 밤새 달려온
새벽이 무너지는 밤을 지나
허공을 걸어가 햇빛을 본다
멀미 같은 하루가 시작되면
고단한 일상의 상처들이 모이는 곳

문고리 한번 잡아당기면 끝나는 하루
창을 때리는 비의 둔탁함을 편안함으로 바꾸는 곳
탈출을 꿈꾸나 늘 실패하는 친구여
오늘도 나는 그대 위에 누워 있다
아무리 시간이 흘러도 결국 그대 곁인 곳에서

배달의 민족

동네 골목에 가로등이 켜지고
야식집은 기지개를 켜고
오토바이는 달릴 준비를 한다
바닷가에서, 계곡에서
전화만 하면 잔칫상을 차릴 수 있는 세상
그들의 오토바이는
밤이면 점령군의 전차처럼 거침이 없다
헛헛한 새벽에도 전화해보라
점령군이 곧 도착할 것이다

가로수

어느새 바람은
당신을 토닥이는 시간에 둘러싸여
차가운 길거리에서
겨울비와 동행 중이다

앙상한 모체가 바람맞는 것
진하게 노란 피를 말리는 것
청회색 눈빛은 사그라져 갔는데

어쩌면
세월 따라 나이테를 엮는 당신보다
한 해 보내고 수혈하고 다시 돋는
그 형제들의
숨죽인 마른기침이 더 안쓰러웠다

이제는
당신을 바라보며 이별을 고한다
올해도 많이 사랑했다고.

인연 1

우리는
만나야 한다
비워진 가슴 애절하다

꽃 같은 사람 만나면
손 놓지 말아야 한다
바람 스치듯 잡은
손 놓지 말아야 한다

산다는 것은
가슴에 맺힌 인연이 표백되는 것

사람아
만남이 서툰 사람아
마주 보는 것이 익숙지 않아도
두 손 잡고 놓지 말아야 한다.

참선

밤을 건너 뛴 사람들은
시간을 길게 느끼지 않는다
지나온 순간이 어둠만 있지 않으니까

저 사람이 무슨 생각을 하는지
머릿속이 혼란해지면
먼저 나부터 혼란을 정리한다
혼란의 빌미를 내가 주지 않았는지

점 하나도 찍히지 않은
서각의 깔끔한 모양새처럼 서 있지만
이끼 덮인 나무 그늘 밑 꽃무릇처럼
홀로 고뇌하는 모습을 누가 상상할까?

무너진 집

백사십 년을 견디던 한옥이
주인을 보내고 자신도 주저 앉았다
숱한 세월의 격정을 이어가던 손을 놓아 버렸다
기역자로 마당을 안고
우물 하나 품고
대문 하나 달고

오래된 벽돌담 위에 뾰족한 유리도 삭아
가슴 찌르듯 통증을 주고
시골 장에 끌려간 불알 큰 돼지처럼
세월을 쿵쿵거리며 맡아 본다

지붕 끝에 달렸던 풍경은 아버지의 손길이고
시렁 위 채반은 어머니의 손질로 반들거렸었다
칠 형제 눕히던 아랫목은
세월을 품고 부스스 흙밭이다.

연꽃

잎은 바다가 아니랍니다
줄기는 강물이 아니랍니다
결빙 속에 뿌리를 품고
천상의 금단을 안아버린
연못의 잔잔한 사연입니다

가버린 연인들을 기다리는
백련의 넓은 잎사이로
자비로운 인향을 기다리며
그리움 삭히던 숨 마디
홍련의 은은한 사랑으로
인내의 가슴을 지닌 심장입니다

치매

세월이
가거나 말거나
좋거나 싫거나
만나거나 헤어지거나
이생이든 전생이든
아무것도 모르고 영원히 갇힐
그곳만 가지 말게 했으면 좋겠다

기어이 날 데려가려고 오려거든
내 꿈도 갖다주고
내 사랑도 갖다주고
데려가
내 인연도 갖다주고
구구절절 목 아프게
말하지 않아도 되는
그 기억을 놓고 가
깡통 속처럼 답답한
그 아픔만은 오지 마

바다를 품은 섬

태어남을 무를 수 없었던 곳
파도 소리 안고 갈매기 우는 아침
윤슬 빛을 타고 바다에 올라 온 섬
"위도*"라고 부른다

사방에 철썩이는 물소리 가득
고향의 등대 불빛은
멀리 바다로 간 아버지를 부르고
만선을 부르는 고향 앞바다

바위에서 따 올린 고동과
녹청색 파래가 한 줌
저녁노을과 버무리니 맛있다

집 떠난 어부의 아들
고향에 언제 돌아올지
구순의 틀니 낀 어머니
바다를 보며 기다린다

오늘도 내일도 오겠거니
손잡던 아들 얼굴이 가물거리고
갈매기 높이 고향 품을 안고 날아

바다의 노래 들려준다
어서 오라고
어서 가라고

* 위도 : 전북 부안군에 있는 섬.

5부

외발로 서기

여물어 가는

늘지 않는 바다를 보았다
물의 반짝임으로 눈이 아프다
백사장에 앉아
엄지와 검지로 미간을 누르며
걸어온 길을 본다

살아온 길은
아무리 생각해도 순탄한 시간은 없었다
세월은 모래 속으로 스미는 물과 같아서
기회만 있으면 날카롭게 파고들어 상처를 낸다
물컵에 구멍이 나듯이

파라솔이 필요하다
바다에 내리는 따가운 햇볕은
지난한 세월을 구원할 수 있는
시간을 태우는 용광로였다

햇볕이 싸늘해져 간다면
바다는 세월을 삼켜 버릴 것이고
잠시나마 편안했던 시간은
닫혀버린 문 속으로 사라질 것이다

>
　　햇볕은 다시 따가워지겠지만
　　늙지 않는 바다를 보는 일은
　　언제나 눈이 아프다
　　반짝임을 남겨두고 바다를 떠나야 한다

　　반짝임을 본 이후로
　　구원받았던 시간은
　　문이 열리길 기다릴 것이다
　　미래가 어디쯤 왔는지 가늠하면서

　　사는 게 가장 힘들었던 시절이 있었다
　　그때가 청춘이었다

검은 천둥

멀리서 소리가 오고 있다

소리는 구멍을 통해 범위를 넓혀갔다
천장에는 낱말들이 벽에는 소리가
구멍으로 들락거리며 서식했다
문장을 손에 들고 떨고 있는 밤

문장을 풀어 헤치고
낱말을 꿰맞추며 구멍을 막아보지만
다시 어지럽게 흩어지는 소리

아침이 오고
사라져 버린 소리

네가 떠난 곳 혹은 사라져 버린 곳에
서 있는 무덤들

업

하루의 소멸 안에 있는
우리는 불나방

날고뛰다 떨어진
하심으로 이어진 하루

순간의 사그라짐
잔잔한 호숫가의 파동

어디를 가도 달은
괘를 뚫고 역을 짓는 꽃

숨겨둔 숨소리조차
내 것이 아님을

기다림, 그후

망설이지마
어둠의 시간은 잠시잖아
너의 미소같은 빛이 온다고 믿어봐
날아보자고
무겁고 외로운 너의 가슴은
꽃이 울어도 비가 개인 후에 고개들고 웃잖아
부딪혀도 밝은 길을 향해 동행하니까
우리는 늘 기다리지, 그후에도

길

아득히 멀리 있어라
나에게 다가오지 말고
구불구불 산등성이
그냥 오라 하는 길 아니니

미친 듯 살아 있어라
모든 게 다 거짓이었다고
늘 항상 멀리 두어라
하루 가면 못난 인생 또 하루

오직 한 사람만 있어라
멀리 가지 말고 나랑 있어라
구불구불 저 길은
내가 놓아야 가는 길

백숙

털 깃에 힘이 떨어져 잡혔느냐
산란을 다 하여 더는 쥐어짜지 못해 잡혔느냐
사는 게 곤욕이었을 너의 몹쓸 집
부지런히 산란하며 눈칫밥에
더위에 추위에 삼라만상을 그리워했을 너
밤새 눈먼 닭으로 살고 날 새면 사라지는 너
모이주머니에 넘겼을 모래 같은 사료
꾸역꾸역 집어넣고 하루 두 끼 서럽게 울었을 너
오늘 우리 집 솥에 목을 자른 널 넣어 끓이고 있다
그 솥도 30센티 높이에 둘레는 45센티
안성맞춤 백숙 화장터이다
미안하다.

하얀 꽃대

정수리에 하얀 꽃대 하나 솟아올랐다
시간을 잘못 찾아온 손님처럼 뽑혔다

손바닥만 한 내 집에
내 자식 눕히고 싶어
발바닥에 땀이 나도록 고생하다가
흰머리가 점점 늘어난다

불혹의 술잔에 비친
소외된 내 자리가 버거울 때
비우던 소주잔 숫자보다 더 많은
힘든 고비가 채워진다

지천명의 자리는
모든 걸 바꿔주는 시간의 여유가 많다
늘어나는 친구들의 숫자도 많고
깊은 성찰의 길목에
동행하는 친구가 되니 편하다

이순의 줄을 잡으면
내려놓을 줄 아는 용기가 생기는 시간
은빛이 은은하게 빛에 비쳐도

전혀 낯설지 않고 자연스럽다
새치는
남은 인생 이 막
오르막길의 아름다운 동행자.

창가

저 밝음을 가리려 하지 말고 하얀
저 빛을 타고 내려온 우리는 하얀
저 그늘 뚫고 온 그곳도 하얀
저 빛을 숨을 쉬게 해줘 하얀
저 백지 같은 세상에 나온 하얀
저 상처의 배김으로 앉아 있는 하얀
저 안개꽃의 노래마저 하얀
저 먹먹한 길에 서 있는 나도 하얀
저 섬과 길을 걸어갈까 하얀
하얀 창가에
하얀 창가에
하얀 창가에 나비 들면 좋은 날

창세에 밤이 잉태되었고

하늘에 달린 깜깜한 밤
분간하기 힘든 어둠 속에서만 보이는
꽃은 그렇게 피어난다
남루한 나를 꽃에 매달고 참아내는 울음들이
까마득한 허공에 사위어가는 내밀한 숨결이
아무도 보지 못하는 뜨거운 사지를 유린한다
어느 길에서 나는 쓰러지고
이토록 뜨겁게 정성을 다해
사랑한 적이 있었던가
나는 꽃이 되기 위해 스스로 죽는다
꽃은 어둠 속에서 꽃으로 살기 위해 스스로 죽는다

안개꽃

하얀 안개꽃 그려진 편지
문드러진 가슴에 고인 형벌로
나의 정원은 광목을 뒤집어쓴 산실

몽글거리는 빛의 잔치에 뽑힌 너
향기 끝을 찾아서 흔들어 보니
꽃망울마다 매달려 있는 사무친 그리움

너, 나, 우리의 얼굴이 하얗게 웃고 있었다

인연 2

지나는 바람은 흘려보내고
다시 오는 바람은 맞을 준비를 한다
하루 위에 쌓인 하루를 보며
다시 하루를 기다리는 가슴으로 비는 내리고
지난한 세월의 고통과 비움이
목덜미를 아프게 짓누른다

소금 뿌린 상처가 덧나
속살이 떨리도록 울고 싶은데
정신이 혼미하게 헛웃음만 짓는다

우리는 포옹해야 한다
무섭고 서러운 세상의 눈길 두려워하지 말고

그대
달이 잉태한 구름의 그림자
그림자가 삼킨 달

섬의 귀향

파란 밤이 울었던 날이 기억나
알잖아
떠남은 우리에게 또 다른 인연을 던진다는 것을
폐부를 도려내는 외로움도 이별이 낳고 간 별

갈라진 저 사이에서 움츠린 사람으로 날을 샐 거야
사람은 몰라
자기가 틈이 되어 다른 사람을 그곳에 고립시킨다는 것을
풀 한 포기의 생명보다 못하다고 느끼는 섬에서는 보이
지 않지

가장 소중한 사람이 하늘에 또 있어
가버렸잖아
기다리라는 말을 끝내 전해 주지 못한 축축한 미련
미완성의 고립 속에 바랄 수밖에 없었던 그 말, 보고 싶
다고

미로처럼 안겨버린 섬이 날 깨우고

미장원 미스 김

가려운 곳을 긁어 주는 손
그대가 가지길 원했어
세상의 모든 잡티 잘라 털어내고
바람의 티끌도 잡아 멈추게 하길 원했어

더운 입김만으로 서로를 세워주고
손길 한 번으로도 가슴을 펼 수 있는
세상 안의 작은 세상을 만나
멋진 여유를 갖길 바랬어

어떤 날처럼 오가지 못하는 섬에 표류한 미스김
침식된 주상절리 닮은 신경의 패인 공간을 잡고
밝음 앞에 밝음을 피워 낼 던져진 비밀만이라도
환하게 물들어 그대가 품어 주길 원했어

가끔 이해가 힘든 제목의 그림을 상상해보기도 해
행복한 미소로 다가온 화사한 스무 살의 수양버들
시원하게, 소리도 없이 허공에 튕기며 잘리고
신명 난 가위질은 바람도 자를 것이야, 싹둑싹둑

기와

담 밑에 이끼가 뒤덮인
눈물 흘리고 있는
아이가 있습니다

한겨울에는
응달진 곳이라 추위와 친구하며 지내고
한여름에는
뙤약볕에 무릎 꿇고
오체투지를 하며 바람을 기다립니다

천년이 갈지 모릅니다
아이의 눈물도
회색 아이의 석상 그림자도
자유를 원하지만
다음 생에는 없을지 모릅니다

추락

빈틈에서 숨쉬기도 힘들었어
손 내밀기도 어려운 사람들 사이에 내가 끼어 있었어
너절한 것이 전부인 나에게도
달콤한 유혹의 파랑새가 있었어

거울 속 저편 뒤에 웅크린 불가의 여인
내가 내밀 수 있는 공간은 제외라는 단어만 던져주고
붉은 향내로 다가오며 마지막 보시로 매달려 보기도 해

그게 전부가 아니래도
세상은 틈 안에서 공생하는 걸 멈추지 않아
그런 것인지도 모르고 타 죽은 검정 까마귀가 불쌍해
나라도 멈춰야 살 것 같아
속도가 멈춰진다면 틈은 메꿔질지

스스로 죽어 다시 피는 꽃

오홍진 문학평론가

스스로 죽어 다시 피는 꽃

오홍진 문학평론가

1. 시간

황은경의 시는 안개에 휩싸여 있다. 안개에 휩싸여 있다고 해서 그의 시가 투명하지 않다는 얘기는 아니다. 「생각의 비늘」이라는 제목을 달고 있는 세 편의 시에 드러나는 대로, 그녀는 안개 속에서 안개를 넘어 시적 사유를 여는 광장으로 나아간다. 시인을 따르면 "안개는 강가의 수호신"(「생각의 비늘 1」)이다. 강을 수호하는 '안개'라는 시적 대상을 통해 시인은 어떤 시 세계에 이르려고 하는 것일까? 시 제목인 '생각의 비늘'이 암시하는바, 안개는 황은경 시로 들어가는 길목에 오롯이 놓여 있다. 강가에 낀 안개는 오늘 하루 물길이 해야 할 일을 알려준다. 물길이 해야 할 일은 바닥부터 물 위까지 첩첩이 쌓여 있다. 흐르는 것은 건져야 하고, 널려진 것은 한곳으로 모아야 한다. 죽은 것은 살려야 하고, 살아 있는 것은 먹여야 한다. 물길이 하루를 시작하면 안개는 스스로 알아서 잠들 준비를 한다.

빛나는 비늘 옷을 입은 물고기 한 마리가 바위를 탁탁 치며 하루를 시작하면서 안개는 서서히 뒷면으로 물러난다. '수호신'은 자기를 내세우지 않는다. 그러기는커녕 수호신은 자기를 숨김으로써 타자를 지키는 숭고한 일에 매진한다.「생각의 비늘 2」에서 시인은 "생각의 비늘은 허물을 덮는다"라고 쓰고 있다. 생각의 비늘이 벗겨지는 순간 시인은 또 다시 "허위의 나"로 돌아가야 한다. 허위의 나는 일상을 사는 존재를 가리킨다. 시인의 말마따나 일상은 "지치고 지쳐 외발로 서는/ 삶의 아릿함"으로 다가온다. 속절없이 흐르는 시간만큼 우리를 아릿하게 하는 게 어디에 있을까? 어제는 오늘로 반복되고, 오늘은 내일로 반복된다. 시간이 흐른다는 건 똑같은 일이 반복된다는 것을 의미한다. '생각의 비늘'이 떨어져 나간 존재의 알몸이 바로 흐르는 시간과 닮은꼴이라고나 할까.

늘 애가 타던 세상
처음이 마지막이 될까 봐
돌아서는 등 뒤로
스며들어오는 차가운 물고기

팔딱이던 물고기 힘을 다해
비늘이 다 떨어져 나갈 때까지
뼈 시리게 온 힘으로 바다로 나갈 것이다
눈물은 보이지 않게 물거품과 섞인다

등대의 붉은 눈빛과 타는 속은 무르익어

갈빛처럼 물들어버린 저기, 저 물고기
꼬리 없이 나에게 헤엄쳐 온다
바다의 뼈가 부딪혀 요란하다.
— 「생각의 비늘 3」 전문

위 시에서 시인은 있는 힘을 다해 "늘 애가 타던 세상" 밖
으로 나아가려는 "차가운 물고기"의 삶을 여실히 표현하고
있다. 물고기는 (생각의) 비늘이 다 떨어져 나갈 때까지 온
힘으로 팔딱이며 바다를 향해 나아간다. 비늘은 강가의 수
호신이라고 했다. 강가에 사는 물고기에게는 생명과도 같
은 것이 비늘이라는 말이겠다. 비늘을 떨어내는 고통을 감
내하지 않으면 물고기는 바다로 나갈 수 없다. 바다로 나아
갈수록 물거품과 섞이는 물고기의 눈물은 그래서 그만큼
더 많아진다. 시인은 "등대의 붉은 눈빛과 타는 속은 무르
익어/ 갈빛처럼 물들어버린 저기, 저 물고기"라는 이미지
로 물고기가 시간과 더불어 사는 방식을 표현하고 있다. 떨
어져 나간 비늘이 물고기를 갈빛으로 물들인다. 그저 물드
는 게 아니라 "무르익어" 물드는 것이다. 물고기 스스로 시
간을 삭이지 않으면 무르익을 수 없는 것이 '갈빛'이라고 말
해도 좋겠다.

수호신인 안개가 있어 물고기는 비로소 바위를 탁탁 치며
하루를 시작할 수 있었다. 하루하루 시간이 흐르면서 물고
기는 바다로 나아가는 꿈을 꾸었고, 그 꿈이 커질수록 물고
기는 온몸이 부서지는 몸살(「생각의 비늘 2」)을 앓아야 했
다. 몸살 난 몸을 풀려면 끊임없이 움직일 도리밖에는 없
다. 생명의 젖줄인 안개에 묶인 채로 어떻게 바다로 나아가

는 꿈을 꿀 수 있을까? 강에서 바다로 가는 길은 이렇게 자기를 낳은 뿌리와 떨어지는 극한의 고통을 몰고 온다. 시인은 갈빛으로 물든 저 물고기가 "꼬리 없이 나에게 헤엄쳐" 오는 상상에 빠져든다. 새로이 태어난 저 물고기를 맞으려면 시인 또한 갈빛으로 물든 삶을 기꺼이 받아들여야 한다. 온몸을 덮은 "생각의 비늘"을 떼어내고 저편 바다를 향해 묵묵히 가는 삶. 황은경의 시작詩作은 무엇보다 자기를 낳은 생명의 뿌리와 단절하는 지독한 고행 속에서 이루어지는 셈이다.

「부표」라는 시에서 시인은 단단한 줄에 매달려 파도를 견디는 '부표'에 주목한다. 드넓은 바다 위에서 부표는 "소금꽃으로 단장한 몸"을 견디고 있다. 단단한 줄이 끊기면 부표는 정처 없이 바다를 떠도는 사물이 되어버린다. 부표는 그러니까 뭍과 바다의 '사이'에 있는 사물이라고 할 수 있다. 이쪽도 아니고 저쪽이 아닌 경계에 놓인 부표의 삶은 「박제를 꿈꾸며」에서는 창백한 시간 속으로 제 이름을 던지는 '편백나무 향기'로 나타나기도 하고, 「고사목의 아침」에서는 벌거벗은 등에 여전히 빛이 스며드는 고사목의 모습으로 드러나기도 한다. 저마다의 사물들이 살아내야 할 삶이 있는 법이다. 부표는 부표로서 삶을 살아야 하고, 고사목은 고사목으로서 삶을 살아야 한다. 시간이라는 "우주의 선물"(「나이테」)을 그 누가 거부할 수 있을까? 선물은 환대의 다른 이름이다. 시간을 통한 환대라, 참으로 재미나는 선물이 아닌가.

가려는 방향이 맞는지 물어볼까?

계절이 바뀐 풀잎에 비바람이 지나간 흔적
너마저 주저앉아 흔들리고 있네
조금만 견뎌봐
뿌리가 상하지 않는 한 우리는 다시 줄기를 뻗을 거니까
공간을 돌려가면서 채워간다

뒷집 항아리는 고추와 숯을 주렁주렁 매달고
시간을 재촉한다
고개 숙인 어머니의 잔주름이 새겨지고
푸른곰팡이 둥둥 떠올라 익음의 꽃을 피울 날
너를 불러내는 날은
내가 너의 이름을 꾹 적어 놓았다
세월이라고.
— 「클릭 2」 전문

우주가 선물한 시간을 들고 우리는 저마다 어딘가를 향해 길을 잡는다. 어디를 가든 시간은 어김없이 따라붙는다. 시간 속에서만 오로지 삶이 유지된다는 말이다. 시인은 "계절이 바뀐 풀잎에 비바람이 지나간 흔적"으로 이 시간을 표현한다. 계절이 바뀌어도 풀잎에 새겨진 비바람은 지워지지 않는다. 그 흔적으로 풀잎은 다음을 기약할 수 있기 때문이다. 비바람의 흔적이 말끔히 지워진 풀잎을 생각해 보라. 시간 속에서 흔들리지 않고 이루어지는 삶이란 어디에도 없다. 시간 밖으로 나가면 되지 않느냐고? 시간 밖이 죽음과 이어져 있다는 사실을 모르고 하는 질문이다. 비바람이 지나간 흔적을 몸속 깊이 간직하고 있어야 풀잎은 흔들

리는 생명으로 살아갈 수 있다. 홀로 존재하는 생명은 불가능하다. 자기 뿌리가 흔들리는 자리에 생명은 어김없이 다른 생명의 뿌리를 받아들인다. 풀잎이라고 다르지 않다.

시인은 고추와 숯을 주렁주렁 매단 뒷집 항아리에서 시간을 보고 있고, 고개 숙인 어머니의 잔주름에서도 시간을 보고 있다. 시간은 둥둥 떠오른 푸른곰팡이로 자기를 증명한다. 시간을 산다는 건 몸속에 푸른곰팡이를 피우는 일과 다르지 않다. 사람들은 그것을 '늙음'이라는 말로 표현하지만, 시인은 그 늙음에 "익음의 꽃"이라는 시구를 덧붙인다. 늙음이 단순히 시간의 흐름을 가리키고 있다면, 익음은 늙음 속에서 피어나는 또 다른 열매를 상정하고 있다. 시인은 이미 '무르익음'이라는 말로 시간 속에서 열매를 익히는 무수한 생명의 삶을 표현했다. 갈빛으로 온몸을 물들인 물고기를 떠올려 보라. 흐르는 시간을 기꺼이 받아들이지 않으면, 갈빛으로 익은 물고기는 결코 태어날 수 없다. '갈빛'을 '푸른곰팡이'나 '잔주름'이라는 말로 바꾸어도 좋겠다.

시인은 시간이 남긴 그 흔적에 '세월'이라는 이름을 꾹 적어 놓는다. 안개가 만들어준 '생각의 비늘'로 온몸을 감싸고 생을 시작한 물고기는, 시간이 흐르면서 그 비늘을 하나하나 떨어내고 바다라는 드넓은 광장으로 나아간다. 비늘이 떨어진 자리마다 푸른곰팡이가 피어나고 잔주름이 늘어난다. 몸과 마음이 갈빛으로 물드는 어느 순간, 물고기는 제 몸에 꾹 새겨 넣은 흔적이 '세월'이라는 것을 깨닫는다. 저마다 살아가는 시간이 있다. 시간은 모든 생명들을 늙음이라는 자연으로 몰아넣지만, 그 속에서 그들은 살아온 삶을 따라 저마다 다른 열매를 맺는다. 시인은 그 열매를 촉수가 없는 시간 앞에서 피어난 "마른 꽃"(「고독」)이나 사각 틀 안에 영원한 시간으로 남은 사진 한 장(「사진」)으로 표현한다. "신이 하사하신 선물"(「사진」)이 빚어낸 풍경치고는 참으로 메마른 풍경이 아닌가.

2. 생명

'메마른 풍경'이라고 했지만, 시인은 이 메마른 풍경 속에서 우리가 사는 '세월'의 흔적들을 하나하나 뽑아내고 있다. 「속」이라는 시에서 시인은 그 흔적을 "겉은 반들거리지만/ 속은 핏발선 붉음"인 어떤 사물로 표현한다. 뜨거운 여름을 끝내 버티고 자란 "붉은 피자두"를 머릿속에 그려 보라. 한여름 땡볕을 견딘 열매는 가을이 되면 반들반들한 껍질로 감싸인다. 반들거리는 겉면과는 다르게 피자두의 속은 핏발선 붉음으로 빛나고 있다. 껍질이 단단해질수록 열매 속은 더욱더 부드러워진다. 붉음이란 뜨겁게 살아 있는 생명을 표현하는 색깔이 아니던가. "하늘이 주는 길목을 마다하지 않았던"(「화인」) 이 자리가 있어 열매는 "불도장처럼 아픈 그 시간"(같은 시)을 견딜 수 있었다. 아픈 시간을 아픔으로 껴안은 존재만이 신이 하사한 선물을 펼칠 수 있다. 겉은 마른 꽃이 되어도, 그 속은 한없이 촉촉해지는 생명의 원리는 이로써 이 세상을 화사하게 물들이는 힘으로 작용하는 것이다.

검은 속내가 퉁퉁 불어
고개를 숙이는

저 고단한 약속은 무엇일까

먼 길 가다가
고향 닮은 널 한 번 더 보면
서러움이 그리움에 운다.
—「해바라기」 전문

삶이라는 노래 한 자락
꽃으로 와 앉았네

숨 한번 쉬면
피어나는 말의 꽃

마른 가지에 달꽃이 피었네
—「꽃」 부분

「해바라기」라는 시에서 시인은 생명을 "저 고단한 약속"
이라고 표현하고 있다. 해바라기는 검은 속내가 퉁퉁 불어
고개를 숙인다. "검은 속내"는 "핏발선 붉음"(「속」)과 다르
지 않은 이미지이다. 시간과 맺은 고단한 약속을 지키기 위
해 해바라기는 제 속을 검붉게 물들인다. 고개를 숙이지 않
고 해바라기가 어떻게 제 몸에 드리워진 고단한 약속을 지
킬 수 있을까? 시인은 기꺼이 고개를 숙인 해바라기를 보며
고향을 떠나 떠도는 자의 서러움을 느낀다. 태어나는 순간
우리는 이미 먼 길을 떠났다. 흐르지 않는 물이 썩을 수밖
에 없듯, 흐르지 않는 시간 또한 썩을 수밖에 없다. 물이 썩

은 자리에서 새로운 생명이 피어날 리는 없다. 시인이 말하는 "저 고단한 약속"이란 썩지 않기 위해, 달리 말하면 새로운 생명을 피우기 위해 먼 길을 떠난 모든 생명의 역사를 가리키고 있다.

생명의 역사는 서러움과 기다림이 하나로 묶인 시간 속에서 천천히 이루어졌다. 고단한 약속을 마음에 품고 먼 길을 떠난 시인은 검은 속내가 퉁퉁 불어 고개를 숙인 해바라기를 한없이 서러우면서도 한없이 그리운 시선으로 들여다본다. 저 해바라기가 품은 검은 속내를 시인 또한 마음 깊이 품고 있다. 걸어야 할 길은 아직도 많이 남았지만, 지금까지 걸어온 시간만으로도 시인의 마음결에는 길고도 짙은 주름살이 깊이깊이 박혀 있다. 시간이 새긴 그 주름살을 볼 때마다 시인은 서럽다. 묘한 건, 시인을 그토록 서럽게 하는 저 주름살에 서린 기억이 시인을 사무친 그리움에 빠뜨린다는 점에 있다. 주름으로 접힌 검은 속내를 하나하나 풀어낼 때마다 시인이 살아낸 생명의 흔적들이 하나하나 날개를 편다.

서러움이 깊이 박힌 자리에서도 시인은 늘 무언가를 기다렸다. 「꽃」이라는 시에서 그 무언가는 "삶이라는 노래 한 자락"인 꽃으로 표현된다. 숨 한번 쉬면 "말의 꽃"이 피어난다. 말이 말을 낳는 게 아니라, 숨이 말을 낳는다. 숨을 쉬어야만 우리는 말의 꽃을 피울 수 있다. 그렇지 않겠는가. 숨을 쉬지 않는 생명이 어떻게 말을 풀어낼 수 있을 것인가? 시인이 부르는 꽃노래는 그러므로 끊임없이 숨을 쉬는 생명의 노래라고 말할 수 있다. 시인은 숨을 쉼으로써 노래를 부르고, 숨을 쉼으로써 시를 쓴다. 마른 가지에 달꽃이 피는 것은 이리 보면 한 송이 꽃을 피우는 우리네 삶이 곧 숨을 쉬는 아주 근원적인 생명 현상으로부터 시작된다는 것을 알려준다. 숨을 쉬면 마른 가지에도 달꽃이 핀다. 마른 가지에 달꽃이 피는 게 기적이 아니라, 달꽃을 피우기 위해 숨을 쉬는 게 정말로 기적이 되는 이유이다.

「도마뱀 꼬리를 자르다」를 참조하면, 도마뱀은 살기 위해 스스로 꼬리를 잘라버린다. 꼬리에 연연하면 목숨이 위태롭기 때문이다. 꼬리를 잘라야 생명을 보전할 수 있는 이 도마뱀을 "걱정스러운 마음으로 바라보던 소녀는/ 자연의 섭리 앞에서 가르침과 아픔을 알게 되었다". 도마뱀은 만남과 이별 사이에서 주저 없이 꼬리를 끊어낸다. 자연의 섭리이기 때문이다. 꼬리를 끊어내는 아픔은 자연의 섭리에 비하면 아무것도 아니다. 도마뱀을 통해 이 섭리를 알게 된 소녀 또한 이 상황이 오면 '아무렇지 않게' 꼬리를 끊어낼 수 있을까? 시인은 그렇지 않다고 대답한다. 설사 꼬리를 끊어낸다 해도, 소녀는 곧바로 다시 그 꼬리를 찾으려고 할 것이다. 인간은 자연을 살지만 늘 자연(의 섭리)을 벗어나려고 한다. 자연을 벗어나면 지독한 아픔이 따르는데도 인간이 자연과 맞서는 일을 포기하지 않는 까닭은 무엇일까?

꽃들이 춤을 춘다
바람을 느끼며 고개를 젖히고
파란 하늘 한번 안고 춤추고 꽃 진 속내
양털 구름 안고 춤추고 잎이 진 가을옷
꽃가지가 엉켜버렸다

사랑하는 사람도 멈췄다
우두커니 바라보니
주고받던 밀어가 흘러 내려
비밀도 사라진 바늘꽃이 되었다
아프게 찌른 자리 덧나고 있다

휘모리장단처럼 몰았다 쉬었다 멈추고
사랑을 다독이며 유예기간을 던져주고 나온 밤
돌려놓은 말은 다시 허름한 옷을 입고
길 위에서 길은 물을 것이다
사랑한다는 말을 다시 던져 놓고
— 「사랑한다는 말을 돌려놓고」 전문

　시인은 사랑을 말하고 있다. 도마뱀이 실현하는 자연의
섭리에는 인간이 추구하는 사랑이 부재한다. 사랑을 실천
함으로써 인간은 새로운 생명으로 거듭날 기회를 얻는다.
꼬리를 끊은 도마뱀은 그저 도마뱀으로 남을 뿐이지만, 사
랑으로 새로운 생명을 얻은 인간은 이전과는 다른 존재가
되어 세상 밖으로 뛰쳐나간다. 세상 밖으로 나가는 길이 사
랑이므로, 사랑을 실천하는 사람은 지독한 고통과 맞닥뜨
릴 수밖에 없다. 당연한 말이지만, 세상 밖으로 나가려면
세상 안을 사는 존재와 완전히 단절되는 과정을 한번쯤은
거쳐야 한다. 이쪽에 깊이 발을 묻은 채로 저쪽으로 나아갈
방법은 없다. 시인은 저쪽으로 뻗은 길을 가기 위해 이쪽에
내린 뿌리를 과감하게 파헤치려고 한다. 뿌리를 들어낸 자
리에서 시인이 고대하는 사랑이 피어오른다. 사랑은 황은

경의 시에서 새로운 생명을 뿌리 내리게 하는 시적 근원으로 작동하고 있는 셈이다.

위 시에 드러나는바, 시인은 사랑이 멈춘 자리에서 피어나는 "바늘꽃"을 이야기하고 있다. 바늘꽃은 사랑하는 이들이 주고받던 밀어가 흘러내린 자리에서 피어난다. 바늘꽃에 찔린 자리마다 상처가 아프게 덧나고 있다. 사랑이란 이런 것이다. 뜨거울 때는 온갖 생명들이 자라나는 자리를 여기저기 만들어내다가도, 차갑고 아플 때는 새로운 생명이 피어날 틈조차 내보이지 않는다. 휘모리장단처럼 빠르게 왔다가 빠르게 스러지는 사랑의 리듬에 적응하지 못하면, 이 세상은 말 그대로 생명이 사라진 황무지가 되어버린다. 시인이 사랑이 멈춘 자리에서 사랑을 다독이는 "유예기간"을 이야기하는 까닭은 여기에 있다. 사랑이 멈춘 자리는 사랑이 끝난 자리가 아니다. 꽃과 열매가 진 자리를 그 누가 사랑이 끝난 자리라고 말할까. 꽃이 져야 이 다음에 그 자리에서 새로운 꽃이 피어난다. 사랑도 그렇다.

가을바람이 불면 꽃은 이내 떨어진다. "꽃 진 속내"를 따져 무엇 하겠는가. "양털 구름 안고 춤추고 잎이 진 가을옷"은 사랑의 유예기간이 끝나면 화사한 봄옷을 입고 다시 피어난다. 가을옷을 입지 않으면 봄옷을 입을 수 없다. 유예기간을 거친 사랑은 항상 새로운 사랑으로 피어난다. 새로운 사랑이 새로운 생명을 낳는다. 가을옷을 벗은 사랑은 허름한 옷을 입고 길 위에서 묵묵히 봄옷을 입은 생명이 오기를 기다린다. 서러움이 그리움이나 기다림과 뒤섞여 있다는 것을 우리는 이 지점에서 다시 한 번 확인할 수 있다. 길 위를 떠도는 사람들은 늘 길 위에서 가야 할 길을 묻는다.

길 위에서 사랑이 피어나고, 길 위에서 사랑이 스러진다. 그리고 다시 길 위에서 사랑이 피어난다. 피어남과 스러짐은 같은 길 위에서 반복적으로 일어난다. 피어났으니 스러지는 것이다. 태어났으니 죽는 것이다. 둘이면서 하나인 삶과 죽음은 이렇게 사랑 속에서 뒤엉켜버리는 것이다.

3. 어둠

어둠 속에서 일렁이는 죽음을 탐색하기 전에 시인은 먼저 바람을 이야기한다. "바람은 말라버린 꽃"(「바람은 말라버린 꽃」)이라는 시구에, 시인이 바람을 바라보는 마음이 잘 드러나 있다. 말라버린 꽃은 죽음으로 가는 여정에 놓여 있다. 물기가 빠진 생명의 몸을 떠올려 보라. 마른 꽃은 몸속 물기가 말라 있다. 수분이 없이 생명이 어떻게 삶을 유지할까? 말라버린 꽃 위로 마른 바람이 분다. 마른 바람이 닿는 자리마다 꽃 분말이 시나브로 떨어진다. 죽음으로 가는 길 위에서 시인이 구태여 마른 바람을 불러내는 이유는 무엇일까? 바람은 생명에 연연하지 않는다. 거침없이 불 때는 거침없이 부는 게 바람이고, 숨죽이고 있을 때는 기꺼이 숨을 죽이고 있는 게 바람이다. 바람이 불어 꽃이 마르는 게 아니라, 꽃이 마를 때가 되면 어김없이 바람이 부는 것. 바람꽃이 생명에게 선사하는 죽음 또한 이와 다를 수가 없을 것이다.

「애수」에서 시인은 바람 끝을 따라 굴러다니는 낙엽에 눈길을 모은다. 때가 되면 떠나야 할 길이 있는 법이다. 저곳으로 떠나지 않으면 다시 이곳으로 돌아올 수 없는 게 세상

이치다. 낙엽은 그러니까 다시 피어나기 위해 떨어지는 일을 반복하는 게 된다. 피는 일이라고 꼭이 즐거운 것이 아니고, 지는 일이라고 꼭이 서글픈 것이 아니다. 피는 일에는 늘 지는 일이 따라붙고, 지는 일에는 늘 피는 일이 따라붙을 것이기 때문이다. "그대 떠난 저 길을 바라본다/ 사랑했던 그날도 그랬던 것처럼"에 드러나듯, 시인은 그대가 떠난 저 길을 보며 그대와 사랑했던 그 날을 떠올린다. 떠남이 없는데 어떻게 만남이 있을 수 있을까? 누군가를 기꺼이 떠나보내는 존재만이 또 다른 누군가를 기꺼운 마음으로 맞이할 수 있다.

> 하늘에 달린 깜깜한 밤
> 분간하기 힘든 어둠 속에서만 보이는
> 꽃은 그렇게 피어난다
> 남루한 나를 꽃에 매달고 참아내는 울음들이
> 까마득한 허공에 사위어가는 내밀한 숨결이
> 아무도 보지 못하는 뜨거운 사지를 유린한다
> 어느 길에서 나는 쓰러지고
> 이토록 뜨겁게 정성을 다해
> 사랑한 적이 있었던가
> 나는 꽃이 되기 위해 스스로 죽는다
> 꽃은 어둠 속에서 꽃으로 살기 위해 스스로 죽는다
> ─ 「창세에 밤이 잉태되었고」 전문

사물을 분간하기 힘든 어둠 속에서만 한 송이 꽃이 피어난다. 사물을 분간하는 주체는 무엇일까? "남루한 나"라는 시구가 곧바로 보인다. 사물을 분간할 수 없는 어둠 속에서 남루한 나는 왜 굳이 사물을 분간하려고 하는 것일까? 자신을 중심에 세우기 위해서다. 자기 눈으로 이 세상을 그리기 위해서다. 어둠 속에서 피는 꽃은 이렇게 "남루한 나"를 매단 채로 까마득한 허공을 힘겹게 견디고 있다. 시 제목을 참조한다면, 어둠은 창세의 밤과 같다. 창세는 세상이 창조되는 때를 가리킨다. 어둠뿐인 세상에서 어떻게 새로운 생명이 탄생할 수 있을까? 어둠 속에서 생명을 얻으려면 무엇보다 어둠을 견뎌야 한다. 빛이 있으라 하니 빛이 있는 세상은 신화 속에서나 가능한 법이다. 빛이 있기 전에 어둠이 있었다. 그리고 그 어둠을 견딘 존재만이 비로소 생명의 빛을 얻었다.

이 지점에서 우리는 "어느 길에서 나는 쓰러지고"라는 시구에 주목할 필요가 있다. 어느 길에서 쓰러진 나는 어둠 속 꽃에 매달려 있던 "남루한 나"를 가리킨다. 꽃에 매달린 채로 남루한 나는 자신만이 빛이라고 외쳤다. 까마득한 허공이 내뿜는 허무에 질린 꽃이 "뜨거운 사지를 유린"당하고 있는 상황에서 말이다. 시인은 남루한 나가 쓰러진 자리에서 "이토록 뜨겁게 정성을 다해/ 사랑한 적이 있었던가"라고 외친다. 뜨거운 사랑은 남루한 나를 쓰러뜨린 자리에서 뻗어 나온다. 정확히 말하면 남루한 나가 스스로 죽은 자리에서 어둠 속 꽃은 비로소 피어난다. 시인은 "나는 꽃이 되기 위해 스스로 죽는다"라는 진술로 이 상황을 표현한다. 아무나 어둠 속에서 꽃을 피울 수는 없다. 어둠 속에서 꽃을 피우려면 스스로 꽃이 되는 모험을 감행해야 한다. '나'를 스스로 죽여야 하는 위험하고도 위험한 모험이다.

남루한 나가 죽은 자리는 동시에 어둠 속 꽃이 스스로를 내려놓은 자리기도 하다. 까마득한 허공에서 살아남으려면 스스로를 중심에 세우는 그 마음을 버려야 한다. 어둠 속에는 중심이 없다. 어둠은 단지 어둠일 뿐이므로 모든 곳이 중심이 될 수 있다. 모든 곳이 중심인 세상에서 오로지 자신만이 중심에 있다고 생각하는 존재만큼 어리석은 이가 어디에 있을까? 시인은 "꽃은 어둠 속에서 꽃으로 살기 위해 스스로 죽는다"라고 서슴없이 외친다. 어둠 속에서 꽃을 피우려면 어둠 속으로 기꺼이 들어가는 마음가짐이 필요하다. 어둠을 부정하고 어떻게 어둠 속에서 꽃을 피울까? 어둠 속에서 생명을 피우기 위해 꽃은 그래서 스스로를 죽인다. 스스로를 죽여 어둠과 하나가 됨으로써 꽃은 새로운 삶을 얻는다. 어둠 속에서 꽃은 죽음을 통해 새로운 삶을 얻는 기적을 연출하고 있다고나 할까.

　「안개꽃」을 따른다면, "꽃망울마다 매달려 있는 사무친 그리움"으로 꽃은 어둠을 견딘다. 사무친 그리움 없이 새로운 꽃을 피우는 일은 난망하다. 어둠에 묻힌 꽃은 사무친 그리움으로 어둠 속 어딘가를 떠도는 또 다른 생명들을 간절한 마음으로 부른다. 달리 말하면 어둠은 저마다의 생명들이 뿜어내는 사무친 그리움이 쌓여 이루어진다. 이리 보면 어둠은 생명을 잉태하는 자궁의 면모를 그대로 이어받고 있다. 자궁에 자리 잡은 생명은 탯줄을 통해 바깥과 이어져 있다. 사물을 분간하기 힘든 어둠 속에서 꽃이 피어나는 원리는 바로 안과 밖을 하나로 잇는 이 탯줄(틈이라고 해도 좋다)에서 뻗어 나오는 셈이다. 탯줄은 어둠을 어둠만이 아닌 상황으로 만든다. 오로지 어둠으로 뒤덮인 곳에 바깥(의

빛)을 끌어들이는 형국이라고 할까.

　　빈틈에서 숨쉬기도 힘들었어
　　손 내밀기도 어려운 사람들 사이에 내가 끼어 있었어
　　너절한 것이 전부인 나에게도
　　달콤한 유혹의 파랑새가 있었어

　　거울 속 저편 뒤에 웅크린 불가의 여인
　　내가 내밀 수 있는 공간은 제외라는 단어만 던져주고
　　붉은 향내로 다가오며 마지막 보시로 매달려 보기도 해

　　그게 전부가 아니래도
　　세상은 틈 안에서 공생하는 걸 멈추지 않아
　　그런 것인지도 모르고 타 죽은 검정 까마귀가 불쌍해
　　나라도 멈춰야 살 것 같아
　　속도가 멈춰진다면 틈은 메꿔질지
　　　　─「추락」 전문

　손 내밀기 어려운 사람들 사이에 시인은 끼어 있다. 어디로 손을 내뻗어도 잡아주는 이 하나 없는 세상에서 시인은 여전히 "달콤한 유혹의 파랑새"를 꿈꾸고 있다. 파랑새를 꿈꾸는 시인은 스스로를 "너절한 것이 전부인 나"로 표현하고 있다. 너절한 나는 앞서 살핀 남루한 나와 통한다. 너절한 나는 "빈틈에서 숨쉬기도 힘들"다. 빈틈이란 생명이 피어나는 자리가 아니던가. 빈틈에서 숨쉬기가 힘들 정도라면, 어둠으로 완벽히 치장된 세계에서야 말해 무엇 할까? 어둠 속에서 꽃을 피우려면 바깥으로 연결된 틈이 있어야 한다. 틈이 없는 곳에서 생명은 결코 숨을 내쉴 수 없다. 너절한 세상에서 시인이 소망하는 파랑새의 꿈도 이와 다르지 않다. 꿈을 꾸는 사람은 늘 바깥과 연결되어 있어야 한다. 바깥으로 나갈 마음을 먹은 존재만이 꿈을 꿀 수 있다는 얘기다.

시인은 "거울 속 저편 뒤에 웅크린 불가의 여인"이 되어 바깥을 향해 기꺼이 손을 내민다. 하지만 손길이 닿는 공간에서 시인을 기다리고 있는 것은 '제외'라는 단어뿐이다. 아무 곳도 시인이 내민 손을 받아주지 않는다. 무엇이 문제인 것일까? 시인은 엄청난 속도로 추락하는 존재를 이야기하고 있다. 날개도 없이 추락하는 이 존재를 누군들 받아줄 수 있을까? 시인은 손을 내민 이를 받아주지 않는 바깥을 탓하고 있지만, 바깥에 있는 사물들이 그 손을 잡을 수 없을 만큼 시인은 엄청난 속도로 추락하고 있다. 문제는 바깥에 있는 게 아니라는 말이다. "나라도 멈춰야 살 것 같아"라고 시인은 쓰고 있다. 스스로 속도를 줄이지 않으면 어떤 사물도 시인의 손을 잡아줄 수 없다. 빈틈에서 숨쉬기조차 어려운 존재가 왜 빠른 속도로 추락하는 상황을 만든 것일까?

어둠 속에서 꽃을 피우려면 스스로 어둠이 되어야 한다고 했다. 스스로 어둠이 되는 일을 바깥과 단절하는 일로 생각해서는 안 된다. 어둠으로 꽉 찬 까마득한 허공에도 늘 바깥은 존재하기 마련이다. 어둠은 바깥이 있기에 어둠으로 존재할 수 있다. 황은경의 시는 어찌 보면 바깥과 이어진 이 어둠 속에서 타자와 맨얼굴로 만나는 길을 탐색하고 있는지도 모른다. 자기가 낼 수 있는 최고 속도로 밖으로 뛰쳐나간 검정 까마귀는 바깥과 마주하는 순간 불길에 휩싸여버렸다. 타자와 만나는 길은 그러므로 스스로 속도를 줄이는 일을 전제로 한다. 시인은 이미 그것을 스스로를 죽이는 일로 표현했다. 중심에 세운 '나'를 죽임으로써 시인은 까마득한 허공에 화사한 꽃 한 송이를 피운다. 꽃이 피기 전에 어둠이 있었다. 어둠이 되지 않으면 꽃은 피어날 수 없다. 황은경의 시는 무엇보다 이러한 어둠을 젖줄로 해서 탄생한 것이다.

황은경

황은경 시인은 2015년 시집『겨울에는 꽃이 피지 못한다』로 작품활동을 시작했고, 시집으로는『겨울에는 꽃이 피지 못한다』와『마른 꽃이 피었습니다』가 있다. 2017년 다온예술인협회 문학상 본상, 2018년 한국 여성문학100주년 기념 문학상, 2019년 작가와문학상 등을 수상했고, 2019년 호남문학상 수상, 대전 서구문학회, 시대읽기작가회 사무국장, 어린왕자문학관 사무국장을 역임했으며, 《인터넷신문》학부모뉴스24 문화예술부장,『작가와 문학』,『인향문단』편집위원, 2019년 문체부산하 상주작가 공모 어린왕자문학관 상주작가로 활동하고 있다. 2019년 대전문화재단 창작기금을 받았다.

황은경 시집『생각의 비늘은 허물을 덮는다』는 '진실의 나'와 '허위의 나'의 싸움의 기록이자 그 성찰의 결과라고 할 수가 있다. 생각의 비늘이 돋아나고 생각의 비늘이 떼어지는 과정 속에서 "몸살이 나도/ 비늘은 꼿꼿하게 은빛을 자랑하고"(「생각의 비늘 2」) 더욱더 아름답고 역동적인 삶의 진경이 펼쳐지게 된다.

이메일 : cjtzltmdi@hanmail.net

황은경 시집

생각의 비늘은 허물을 덮는다

발   행 2019년 11월 11일
지 은 이 황은경
펴 낸 이 반송림
편집디자인 김지호
펴 낸 곳 도서출판 지혜 · 계간시전문지 애지
기획위원 반경환 이형권 황정산
주   소 34624 대전광역시 동구 태전로57, 2층 도서출판 지혜 (삼성동)
전   화 042-625-1140
팩   스 042-627-1140
전자우편 ejisarang@hanmail.net
애지카페 cafe.daum.net/ejiliterature

ISBN : 979-11-5728-375-0 03810
값 9,000원

* 이 사업은 대전광역시, (재)대전문화재단에서 사업비 일부를 지원받았습니다.